六花書林

あれから

佐藤千代子歌集

あれから ＊ 目次

２０１４年

2013年

2012年

篆刻　佐藤克巳
装幀　真田幸治

あれから

目に見えぬ風といえども草原をゆく折かろき足跡を見す

2019年

春にぼんやり

季のうつり行きつもどりつ春となる寒の戻りに花もうつむく

この日ごろ奥歯にものある心地して想いと舌をめぐらせている

「平成の春」はこれきり恃めなき世に新しきコート仕立てん

見えぬもの知りえぬことの多々ありて眼鏡はずした大人のひとり

消し忘れ君か我かと思いつつ五割の確率口をつぐみぬ

遠い約束

またひとつ叶えられない約束の増えつむ夕べ　朝明けを待つ

老いふたり寄り添い暮らす卓上に四半の西瓜それでも余る

花を待つ間を待たずして逝く君に言葉の花を咲かせて送る

柿の木の若きつぶら実また落ちてやがては土にかえる理《ことわり》

約束に小指絡ませ指切りを遠いかの日の嘘のはじまり

季うつり

指先に冷えたる冬をのこしつつ窓の向こうは花の賑わい

鵯の寄り来て木瓜の花を食む冬のなごりと春の駆け足

春の陽に透けてふるえる葉に見とれ花海棠の色におぼれる

傾城の眠りに喩えつたわりし「眠花」春日いまさかりなり

日を浴びてあでやかにある花の色さかりは散るをつゆも思わぬ

繋ぐ手と心　　「歌と観照」１０００号 記念誌

みなづきの瑞穂の国に青青と歌詠み並べて歌誌をなしけり

創刊の「歌と観照」繋がりて昭和、平成歩みを止めず

真向かえば面のたち来る書棚には巌、たづ子も亡き諸兄姉も

子はなくも「歌と観照」在ることをじゅんじゅんと説く　岡山巌

叱られて育てられぬと今知りつ笑顔残ししせっかち　たづ子

歌誌を守《も》り戦中、戦後を生き延びぬ会員名簿のみを抱きて

いま在りて今を生きるを言葉にて歌いつくせと師の説くところ

凪渡る海も荒れたる大波もなんじゃかんじゃと歌にもしようぞ

人生に無駄なことなど在りません　たづ子の笑顔今も忘れじ

手より手へ心と歌を繋ぎつつ大和まほらま我が住み処

2018年

古今亭志ん輔師匠

古今亭志ん輔師匠の演目は名人芸の「三十石」

京都から大阪へ向く川の旅「三十石夢乃通路《かよいじ》」に舟歌乗せて

晦《つごもり》にうかがう一席「芝浜」の情《なさけ》の機微を浮かべてぬくむ

くまさんもご隠居もいて一席の主役は身近「お神さん」なり

小咄に世相を込めて志ん輔の寄席の舞台の広らに動く

客席は子供じみたる口喧嘩弁当つかう人もなつかし

客席もともに噺の種となる笑い笑わせこの年の瀬に

華燭

小春日の巫女の千早に降りそそぎ「参進の儀」に小石踏み分く

ひさびさに夫は父なり共どもに翔びたつ白き鶴を見上げぬ

新郎と新婦に並ぶ父母の心もやすらこれより「華燭」

花束を離《か》るるひとひら手にすくう花嫁御寮に地上の幸を

にぎやかに宴ははてぬあかあかと華燭ともれる「桃林荘」に

友鶴をえたる娘をてらしつつ円にあかき月光さゆる

湯めぐり旅情―城崎にて

夏雲の旅のはたてに訪れし城崎湯めぐり川べり柳

かわひらこ光を返しゆるやかにおいでおいでと柳に弄ぶ

夕されば湯宿をめぐる湯籠提げ突っかけの音わざと響かす

つまずくは下駄の鼻緒のゆるみなり小股のきれも寄る年波に

夕影をからんころんと蹴飛ばせば下駄の鼻緒の足指をおす

つゆのあとさき

地震《ない》わたり襲う災い恨むなく地球も泣くなり雨降り止まぬ

なが雨は朱き柘榴の花を打つ何か叱られうつむくように

柿の葉の雫あつめる実生《みしょう》なり緑深めて梅霖を受く

葉の陰に隠れつぶらに覗く実の日ごとふとりぬ梅雨のあとさき

つぶら実の葉陰に隠れ数を増す雨は緑に深く染まりぬ

青柿のつぶらに実り出ずるころ君と出会いぬこの世の君と

限りあるひと日暮れゆく詠みかけの歌の扉も今宵これまで

風を見る庭

日と風と木の葉の遊ぶ庭に出て爪先にのる木洩れ日いくつ

「緑なす」などと言うのも久しぶり狭い庭から野良猫を追う

蚯蚓消え蛙も鳴かず守宮などとうにこの庭見捨てて去りぬ

にくあつの葉に守られて青柿の日ごと目にたつ雨浴びながら

紫陽花の窮屈そうに垣のぞく人無き家より花のあいさつ

瘤だらけ捩れ曲がれる柘榴の木それでも春に枝を伸ばして

日の中に動くものなしゆるやかに気は充ちあふれ鳥声届く

戌と逃げ水

油照るスカイタワーの足下を茜にそめて夏日のしまつ

照らされて縮まる我か夏の日に影は小さく己に踏まれ

うらうらと海市ながめる心地する「実存」と言うが頭をかすめたり

炎昼にせんなきことよ逃げ水を追うばかりなり視界の揺れて

眼を病めばダリは親しも描かれし世界へ向けて初めの一歩

あの髭はダリの主張よいつだって俯くことの似合わぬ彼の

ダリの髭曲がる毛先に優しさを見せて音なく微かにゆれる

逃げ水を追いつつ想うひたに乞う幸せに似て届かぬものと

ゆらゆらと我を招くも追いつかず鬼さんこちら揺らぎて逃げる

追いかけて追いつかぬまま夢の中秋の夕日のかけら柿の実

いつだって摑めぬままに夢を追う戌歳生まれ　この年もまた

鼻先にさがりて我を惑わせる古来希なる戌歳の夢

万両

ほんのりと色づく梅の小枝にはあまた蕾の春を言祝《ことほ》ぐ

あらためて歳を数える二十歳から先はうろうろ　明日にしよう

ひつじ行きさるも越えたりすれ違う「戌」の私と「酉」の背の君

紅き実を葉の下におく万両へ導くごとし千両灯る

どことなく雲あつき世をあらためん冬枯れの庭にまんりょう紅し

2017年

秋雨

秋じめり玻璃窓つたう幾すじも己が重さに耐えきれず泣く

傘かしげすれ違う人目の奥に愁雨の色をにじませている

秋霖をくぐり抜けつつ一票を投じて重き空へ目をやる

投票を終えて柿の実熟れるのを鳥も私も待っている庭

音もなく小糠雨降るしみじみと傘の重さを量りて帰る

雁のむれ連なり泳ぐ秋空に季節はずれの向かい風たつ

変わりなく会議は踊る言い訳と忖度、追従ニヒルに笑う

四万十川

水透ける四万十川にきららなる秋の日ざしの底いに溶ける

日を返し流るる川に身をまかす水位あがれば沈下する橋

屋形船舳にみどり分けながら穏やかにゆく水尾をひきつつ

四万十の川面に映る白雲を漣おして碧流るる

山々の翠のとけて流れるか四万十川に山影を見る

雲という雲を茜にそめながら四万十川の落暉まろまろ

前を行く車窓夕日を乗せたまま赤き尾灯の山やまを縫う

彩りの微かとなりぬ夕映えのおわり一筋闇を引きよす

錦秋にはゆる山々うつしつつ流れて海へ帰り行く川

水清く大らかにゆく四万十川時に暴れる川ともなりて

ピエロ

ベルナール・ビュッフェの描くピエロには三白眼の哀しみばかり

鼻赤く大口あけた清志郎「サマータイム・ブルース」もっと歌って

今は亡きピエロか「忌野清志郎」放送禁止の歌ばかり残る

きんきらの衣装ど派手な化粧してあまりにまともな歌叫んでた

ライブでは笑えない歌ばかり聞き笑うしかない哀しみ残す

風のかたち

一人またひとりと渡る花の路　野辺の送りに風が背をおす

花びらの寄りて広がりまた結ぶほどくは風の戯れごころ

初夏の草原を行く風の旅あしあとばかりを草生《くさふ》に見せて

柿若葉雨降る朝ものびやかに窓辺明らめ命を見せる

青柿の雨に叩かれ吹く風に落ちまろびつつ艶やかに在る

ガラスの天井―三ヶ島葭子

新緑のみどり重ねる木下道風ひややかに歌碑を尋ねる

日をかえす白き鳥居を過ぎたれば葭子の歌碑の緑陰に笑む

構えたる鳥居に夏の日は暗く三ヶ島葭子の歌碑浮かびくる

内外に冷えまさり来る背信の夫に諾う妾との家居

病ゆえ身に降りつのる不幸せ一生《ひとよ》を歌に捧げ詠み尽く

独り子に愛を傾け生きの日の名のみの妻を耐えたる葭子

あたらしき女の生は夢の中柿若葉にも照りかげりある

愚かなる女とみせてしたたかに後の世にあり『吾木香』残す

女には「ガラスの天井」いつの日か突き破る夢うつつとならん

はつ夏の風のかたちに木々は揺れ葭子の歌を我に届ける

きっぱりと

しわくちゃの歯磨き粉チューブ整えてきっぱり今日の朝を始める

如月の朝餉に並ぶ緑菜とトマトのサラダは夏の陽知らず

あかあかと眼に染みいればそれなりの冬の赤茄子想いは甘し

踝を擽《くすぐ》り逃げる春の波白く寄せては蒼に戻りぬ

ひとひらに命響かせ風に舞う川面に花の渦描きつつ

列車行

亡き母も姉達さえも知らず逝く七十路にむかう霜月夜明け

あざらけきトリトマの花を目印にこれより十年生きんと思う

武蔵野の樹々の垣間ゆ戦闘機　車体は基地をかすりつつ疾し

山青くかすみ連なるふところの街に繋がる基地を覗きぬ

背中から紅葉に押され行く列車ふと逆走の勇気をもらう

蕨

「山姥にもどりました」と書き付けが山のめぐみと届きたる朝

遠き日の記憶を我に呼びもどす山のかおりが鼻をくすぐる

土踏みて農にいきたる我が御祖《みおや》忘れて今は野草を知らぬ

灰汁抜きも初体験と給いたるレシピ片手に蕨をつける

しゃきしゃきと緑の蕨仕上がれば山姥殿にあつく礼《いや》なす

山住みの苦労も知らず恩恵を受けるばかりの街住みの我

百年を越え開かれし街々も震災五年後自然にかえる

人の手に開かれし田も畑もなくただに消えたる海にのまれて

風に乗りこの身を通り行く時代なす術もなくただに揺れおり

金太郎育てし山の姥なればこの世の灰汁を抜く術知るや

2016年

牧水に酔う

駿河の海《み》ふりみふらずみ雲ながれ富士をかくせり風吹くままに

駿河湾そい歩む道つと逸れて牧水に逢うこの道を行く

海風に品良きちがや靡きつつ音にならざる声に歌えり

ひと盃《つき》の酒もあおらず牧水の歌に酔いたる今日のひとひよ

酔い深み右に左にまぼろしの富士を見ているいまだ旅途次

ほのかにも酒の香ただよう牧水の盃を見て松韻聞けば

牧水の掌にあればなお小ぶりかと思いつつ見る小盃

歌いつつ想いつつ飲みし酒の味恋に落ちたる牧水の苦酒

はやり風邪

なんだ坂こんな坂をと越え来たる一生の旅をこれより下る

連れ立ちて世にふるながめあの時もこの時もふたり道辻いくつ

たまさかに病みふせたるも流行《はやり》風邪熱にくずれる我が身を知れり

身の内のぞぞめく様もあらがいも今宵は熱にうかされている

惣菜を持ち来る娘あることをしみじみ想う老いの始まり

病み臥せる身に届きたる惣菜は冬大根にも春の味わい

有磯の海

幾つもの山のはらなか通り抜け闇うすらげば雪国に入る

雪を待つ北の山やま日を受けて並ぶリフトの光をかえす

雪おこし告げる雷鳴気を揺らし小心者を蒼くてらせり

有磯海《ありそうみ》にわかに波頭立ち上がり四方《よも》より雪の鼻腔を塞ぐ

切り岸を打ち叩きつつ荒波はわが耳ふさぎ視界をぬすむ

海荒れて冬のしらなみ岩をのむわが身の悔いを波に放つよ

単線の停まる駅舎に人影も見えず遥かに海鳴りを聴く

海に向く風の冷えたる漁師町赤き大蟹看板ばかり

どんよりと海岸通りに人もなし霰引きつれ風のぬけ行く

黄昏に灯ともる店のあたたかく人の息つぎ訛もやわし

夜をこめて降る雨さむし胸裡に逝きたる人の声ひびかせて

はかなびて荒磯《ありそ》の海に向かう女《ひと》　水平線をとらえて久し

白波のむこう遥かに見さければ飛ぶ鳥一羽ひかりにそまる

春を踏む

寒風に河津桜の雲となり此処だけ春の光明るし

自行車を止《とど》め見惚れる人のいて子供も花も口開けている

薄紅に咲きたる花の季をはやめ吐息そぞろに温められて

公園の土柔らかし散歩路ひと足ごとに春を踏みゆく

柔らかき新芽明るく見せながら大き欅の我を圧する

アトム泣かすな

夕あかねドローンの飛ぶ空のもと平和の中に戦場を見る

この道はいつか来た道迷うともアトム泣かすな戦火の用心

青柿の葉かげ静かに育ちゆく熟れ崩れ落ち地を灼くことも

通りゃんせ平和の中の戦場で微睡みながらも白き鳩追う

空蟬のあまたころがる原っぱにわけなく刺されし人らを悼む

刻とわず場所をも問わぬ戦場に倒れる誰もが「英霊」でなし

驟雨去り夏日の痛き道に見る轢かれし蛙はバンザイのまま

悪意すらもたぬロボットよ戦闘は人を離れて地球を壊す

悲しみをつのらせゆくか涙なくうな垂れ歩むアトムに遭えば

アシモフの四法則を消し去りぬ「ロボット爆弾」今し現る

我が部屋に一匹の蚊が棲みつきぬ血を分けあいて生きる外なし

越の酒

わが視野をなべて緑に染めながら越の早苗田心をみたす

ひさかたの光のどけき車窓より越の甍の波に揺られつ

越の酒知るも知らずも「田友」を真中に置きて尽きぬ語らい

越に来て「巌、たづ子」とそれぞれに師を語りつつ夜更けを知らず

酒くみて握手に別れ言いつつもこの夜限りの宴に酔いぬ

おちこち

遠近《おちこち》に地球その身を震わせぬ馴れてしまうがとっても怖い

味も無く見えぬ聞こえぬ害毒におかされたるも山野きらめく

きっとまた性懲りもなく「想定外」　狭い国土をさらさら減らす

過ぎこしを遥かに思うこの国の四人にひとりに老いの影濃し

旧友の電話の声に華やぎぬ一気呵成に半世紀もどる

風強く氷雨は雪に変わるべし弥生被災地空も泣きたる

悲しみは時にものまれ薄れゆく　だから生きてて良いんだよ君

北からも南からをも揺れわたる地震《ない》列島に住むほかなくて

曇りときどき雨

春さむし天気予報を聞きながら旅立つ気分ゆるり下降す

雲低く人の心もビジネスの種なるうつつ日暮れはちかし

時どきは真面目だねえと誉めてやる私の声で私のことを

さっくりと林檎ひとくち嚙みしめて昨日の椅子から立ち上がる

しぐれかと思えばひさめ哀しみのいやまさりたる今宵の雨は

2015年

葡萄牙

ユーラシア大陸西の「葡萄牙《ぽるとがる》」笑顔に呼ばれ空をかけ行く

ロカ岬に大西洋の風を知る「ここにて地果て、海始まる」と

カモンイスの立ちたる処ロカ岬群れ咲く花も風に唄うよ

ドウロ川河岸に浮かぶラベーロ船葡萄酒色の夕日に染まる

夕暮れのポルトの街に灯はともりギターラの調べファドをうながす

酔いしれて頬をあかねに染めながらファドに心を揺すられている

あざやかな彩り細工アズレージョ　サン・ベント駅に歴史を写す

我が愛すカルタ、カステラ、合羽さえ遠き国より届きしコトバ

眼内れんず

気兼ねなく夜爪切り爪飛ばす日々身体髪膚いささ取り換う

これの世をやわらかく見る縦、横に歪む直線にごれるレンズ

日にむきて幽か目つむりまなかいの蜘蛛の糸消すからまるままに

光透く水晶体のゆらめきかダリの世界を現《うつつ》に広ぐ

長寿国日本を支え合い暮らす鉄腕アトムのともだち我ら

ここは何処わたしは誰と問う人に優しくチップ埋めてあげよう
ロケットは球体を蹴り飛び立ちぬ人棲む星を探し求めて

秋雨

みどりなす地球もすでに更年期ゆらぎ水づく灼熱の夏

天も地も哀しと言いて降りつのる豪雨に列島洗われている

しみじみと水の惑星ながつきに止《とど》まることを知らぬ長雨

天高く馬肥ゆるなどいいながら重たき雲の行方をさぐる

八月の蟬声

官邸に八月の蟬鳴き響動《とよ》む長き平和にひそむ戦前

民衆の主権あやうし曇天に嵐のにおい木々を惑わす

掌にあれば気づかぬ「平和」再びの八月の悪夢見ること勿れ

滲みつつ身を振り絞り身をゆらし落暉海へと光をつれて

どこまでも青澄む空のかたすみに小さき傷見ゆ三日月形の

八月の蟬鳴く声も届かぬか　まして我らの平和は遠く

蟹

間人蟹《たいざがに》、ずわい蟹など名付けられ境界の無き海に棲む蟹

赤き目に涙あらねど水槽に飼われる蟹に目を伏せ過ぎる

小半刻前に真向かい見つめたるお前か「ずわい」赤く盛られて

いつからか少年の貌にかえりたる夫と蟹喰う一心不乱

こしの国

北国は雪降るならん縦長の日本列島ご機嫌ななめ

「高志《こし》の国」雪ふかぶかと今頃は太郎次郎も夢をはぐくむ

呼気太くそのまま雪の色となる荒磯《ありそ》の波も華のただよい

荒磯海そそり立つ岩打ちなめて恨みつらみの繰り言やまず

海風は白き霰を伴いてきりぎしに立つ我を責め打つ

大和屋

ひとりまたひとり去り逝き暗転すただに氷雨の音するばかり

舞い終えて「大和屋」は消ゆ優男《やさおとこ》立ち見の客をうならせしまま

大向こう揺れにゆれつつ声の飛ぶ寒の牡丹も色を失う

「十代目三津五郎」なり古稀越えず弁財天に愛でられしかと

芸ゆえに華やかにあり悲しみも苦しみすらも舞い落としたり

ほっそりと立ちたる姿「貴種流離」病をつれて彼岸へわたる

『檸檬』によせて

小春日に誘われ来たる「丸善」の昼餉の卓にレモンは語る

小説家「梶井基次郎」若き日の苦悩あざらに卓を覆えり

画集積む上にのせたる黄の一顆苦き思いを檸檬にこめて

存在の矛盾に凝りし青年は檸檬一顆に救われ走る

青年の爆裂弾は閃光をレモンの中に閉じこめ放つ

なにがなし心不安に陥りて大地の裂け目を見る世となりぬ

秋の日に香る檸檬の実をにぎり碧落に置く仮想爆弾

想像の中にとめおけ哀しみは現、仮想のわかれを知らぬ

2014年

熟れ柿

柿の葉に夕あかね色降りかかり遠き誰かの恋情届く

誰《た》がための夕あかね色もえさかる柿の一葉の想いをひろう

柿の木に秋のあかねのひとしずく残して鳥も塒にかえる

あかあかと己が想いにはじけたる熟れ柿の種を鳥の運べり

嘆きのタンゴ

嵐の夜女奏者に抱かれてバンドネオンの眠らず歌う

大雨に三日洗われ蘇る森にみどりの囁きやまず

風のまま葉擦れ枝鳴り揺れゆれてみどりの木々も我も総立ち

抱かれて愛を歌うも嘆かうも女奏者の 指《および》のままに

かき抱くバンドネオンに黒髪をちらしつつ歌う愛のタンゴを

東京日和

目に追うも能わぬ速さに変わり行く我らが時代　東京日和

仰ぎ見るビルの隙間の青空を「空」と見つめて子は育ちゆく

東京に空がないこと嘆きしは何時の世のこと宙《そら》よりの空

日本橋ここより飛び立つ夢を見し麒麟の翼かそけくそよぐ

役立たぬ紐となりたるネクタイを捨てられず居て夏も遠のく

聴く耳に「音」と響くも我が裡にするどく刺さる一語の残る

あの頃はもの知らざりし「のんぽり」と言いて言われて今も変わらず

むごきほど速度はやめて過ぎゆくは我らの若き東京の街

逃げる

「免れる・のがれる・逃げる」今更に、まつりごとには欠かせぬコトバ

惜し気なく肌を曝して臍を出す通勤電車の黄色信号

飛ばぬ鳩重き鴉の街にいて駅舎ホームを汚れて歩く

追うことも追われることも無いくせに前へ前へと背を傾ける

遠くから遁げよにげよと声のする逃げて勝つこと知る下り坂

逃げ足の速さ正しく逃げること誰に教えてもらったのか君

日の影の目に入りてなお輝きぬ逃がすものかと寄せ返すごと

若葉

わが胸の片隅にある思い出に口づけのあり若葉の薫る

鉄琴の音誇らかに鳴り響く青春遠く足早に離る

やわやわと緩徐の調べにゆだねたる身は鉄琴に捕《とら》まれ揺らぐ

ヴィブラフォンひときわ高く鳴りとよむ身も世もあらぬ恋もありしに

日に灼かれ色濃き若葉柿の木の小さき花実を庇い繁れり

雪安吾

紅梅も見やれば白き花となる一日こもりて雪暗《ゆきぐ》れさみし

人の世の幸も不幸も雪転《ゆきこか》し積み重なるも時にはぬくし

雪しずりの肩にかかれる優しげに春はそこまで歩みは近し

恋こうる襲《かさね》の色か雪下に紅梅が見ゆ春待ち月に

これがその「雪の別れ」か紅梅に降り積む白き花のかさなり

如月に逝く

幼どち逝ってしまえり雨傘を大きく開き小径を選ぶ

別れぎわ片手をかすかそよがせるいつもの癖を末期にも見す

小柄なる汝でありしこと右肩を揺らし歩むを告げず逝かしむ

頰つたう雨か涙か葬列をにじませうすき肩を冷やせり

夫も子も持たざりし汝のいさぎよき一生《ひとよ》を思う　白き寒月

2013年

晩秋

柿の葉の風にぞわぞわ騒ぎ立つ人の噂も七十五日

短日を家居にすごし軒先の柿の実ともどもしわみつつある

柿の実の日々熟れ崩るる秋津島震えふるえて落日に燃ゆ

石蕗の黄の花ともり我が前に薄き冬日を集めて凜々し

冬枯れの狭庭はすでにかき暮れぬ花のともりも闇に溶けたり

柘榴

秋の陽を吸いてつやめく柘榴の実赤き口あけ古ものがたりす

未だ見ぬザグロス山脈はるか越え絹に包まれたどりし旅路

花紅くただ鮮らけし風吹かば縮れちぢれに人を惑わす

さっくりと柘榴割きおり甘すゆく赤き種実《たねみ》に子をも忘れて

花の色うつしたる実の大口を開けて笑えばさらなる深紅

ざくろの実鏡磨けばくもり晴れ心の裡もくきやかとなる

豊穣を願う心に実をふふみつぶらつぶらの種吹き飛ばす

優美との花言葉もつ柘榴の実虫も寄せずに鬼子母神招く

節の机

木製の小ぶりの机短世《みじかよ》の長塚節の生を語れる

ゆるやかな机のなだり触れたれば節の歌のほのかに聞こゆ

手触れなば節の熱き想いなどほのか知るべし机上に掌置く

世に在りしは三十五年しみじみと土に節の香りをききぬ

いまの世にあらば長寿の老い歌を節の文箱に満たせるものを

うしろ指

亡き父に浮き名一つもあらぬことふと淋しめり　やはり諾う

背中には目もあらずして前ばかり見てはいるなと亡父の教え

辻の先「三つ目」が通る追い抜けばうしろに指をさすかも知れぬ

人生の悔いは後からやって来る追いつかれずに走れ走れよ

後ろ指さされぬようにこれからは誰もが知らぬ老いらくの道

備中新見路

掛川を過ぎたるところ茶畑に雲の影濃く流れは速し

富士川を木曾、長良川を渡り来ぬ歴史の中に時も流るる

雨ゆきし後か窪みに青空のかけら映して倉敷を過ぐ

はつ秋の備中新見路国境　峠の茶屋に牧水と遇う

二本松峠山寺「妙傳寺」前の畑に西瓜もごろ寝

これの世の深間《ふかま》は緑に染められつ雄橋《おんばし》の下苔踏みおれば

ベルペッパー夏の実なすび哲西の土の香満つる我が家の夕餉

回游魚

明るさを求め窓辺の迷い蝶数え切れない絶望を見る

透明の窓に外界は区切られて明るい夏の水中都市見ゆ

大小の群れも孤独もそのままに街を巡れる回游魚たち

回游魚止まれば命果てなんと娘が我を言うむべなるかなや

波を抱き羽ばたくように悠然とマンタは己が命をめぐる

若葉萌ゆ

陽の中に柿若葉見ゆ風音に葉裏返して気まぐれを見せ

ほほえみの裏なる貌をのぞかせて桜青葉の緑に溶ける

女ふたり剛直球のやりとりに砂糖まぶしの言の葉にがし

うす板に区切るだけなる小部屋には嘘も噂もとどまらず飛ぶ

柿の実のなに悲しくて泣きおらん涙は青く空を映せり

さくら

これの世に八七三《はなみ》弁当おしひろげ花の命の刻を味わう

花散れば花のじゅうたん靴音をやさしく吸いて闇を深める

花冷えの風を背にうけ川に沿う散り舞う花を道連れにして

花は咲き花は散るもの理は諾うばかり不条理に死も

春うらら耳輪、鼻輪のみごとなる茶髪の女もさくらに溶ける

数独

九つの数を浮かべて指先にたった独りの遊びをあそぶ

昼日なか白きマス目を埋めゆくは数字にあらず我が心あて

除かれし零には深き意味のあり無限の宇宙に境界を置く

必然と論理に並ぶ数列を充たせば脳《なずき》に我がもどり来

八十に一を足したる方形の「ナンバー・プレイス」未知なる世界へ

星に願いを

春荒れに顔無き人の増え続く月よりの使者「月光仮面」

大陸ゆ黄砂スモッグ溶け流れ咳き込む秋津根《あきつね》「く」の字にまがる

爽やかな青葉目にしむ初夏の列島にみつる負のエネルギー

未知と無知かさね重ねるその果てに人には人の事情など言う

世にあるは終末時計ただせめて星に願いを火星探査機

音速を超え飛来する光源は宇宙《そら》の戒め隕石雨《いんせきう》降る

隕石は死角をねらい湖《うみ》に落つ億年かけし旅の終わりに

嬉々としてホシのかけらを売りさばく露西亜の人は商売上手

不条理にあらがう勇気の時に欲し風に柳の若葉もあそぶ

堅固なる地盤と聞くもオンカロに隕石の穴あくやも知れぬ

ひとつだにオンカロは無しうまし国美《は》しき大和に青葉の光る

想い出連れて

若き日の句・読・点など確かめて久に集いし友と別れぬ

病室の扉ゆかすか目を合わせただそれのみに別れをなせり

早熟の君なり常に我が前を歩み続けて今朝逝きたると

手を振りて昨夜別れた想い出を連れて逝くにはまだ早すぎる

教室に愛と恋とを説く君をまぶしみ居たりし我十三歳

悲しみを苦しみすらも言わざりき半世紀かもす友情のワイン

浅春の教室の窓くもらせて熱く語りぬ夢ひろいつつ

瞑目し歌集閉じたり感性の広らなる海ゆ漂着す

２０１２年

赤蜻蛉

季の移り空あきらかに高くあり我を尋《と》め来よあきあかねどち

秋つ葉に腹染められて蜻蛉の山より我をおとなう一つ

赤とんぼ網もて捕らえる者もなく物干し竿にうすき羽置く

柿、柘榴色づき熟すこの庭の秋の宴に飛び来るあきつ

秋日を庭いじりする夫の頭にあわて蜻蛉とまりすがれり

本須賀の浜辺—牛飼いの碑に

本須賀の浜ほの暗く牛飼いの碑の肩ぬれて雨匂い立つ

雨風の呼び合う浜に潮垂れて低く紅さす小花のともる

誰を待つ浜茄子うすく紅をさし訪う雨と風に吹かれて

人けなき浜辺に海を負いて建つ左千夫、牛飼い歌碑は語れり

雲低くしばしば雨も追いたてる晩夏の砂丘に牛飼いの碑の

晩夏の景

富士ヶ嶺にあまねく光おそ夏の緑の景を我がものとする

背に込めし力をたのみ風にむきペダルを踏めば緑ながるる

緑陰を風わたり行く湖はおそ夏の陽をやわらに宥む

賜りし「人参エキス」卓上に夫と我との夏日を支う

うら若き新妻を持つ旧友のその背にうすく老いを見出す

芽花野菜

とりどりに生命《いのち》を見せて山々の夏は来るらし芽はなの便り

おだやかな月夜野平に 銀《しろがね》 の光さし入る目覚めよ芽花

山覆うさみどりの葉に吹き降るは北よりの雨うすくけぶれり

緑濃き芽の花野菜こんもりと月夜野平に影をおく山

花甘く緑の茎の歯に沁むははつ夏のころ芽のはなに雨

悼　山崎方石

はからずも風立ち鳥と去り逝きぬ「印聖」と思う山崎方石

柔らかな人柄をみせ語りしが握れる刀に命光らす

足萎えの身を委ねるは不本意と弟子にもいらぬ遠慮を為しき

朝なさな予定を告げる留守電の師の声今も消せずに残る

細やかに切れ良き刀の跡を見す「方石」の刻印品高くあり

凍てつく時間

ああ此処は海だったのかむきだしに自己主張する地層見つめて

逃げまどう間もなくのまれ海底《うなそこ》につめたく今も残るたましい

待ちかねし梅花を仰ぎ深呼吸　見えざるものも取り込みながら

原子炉は東西南北五十余基いま止まりたり無くもがなとぞ

悲しみを彼方へ残し歩むほか無きことを知る弥生の忌日

トンネルの闇を幾つも過ぎたれば変わらぬ空と安心のあり

くらぐらと方位も見えずこの国の重き手綱を引く手の細し

青光る田畑広がり風渡る思わず胸をひらき息する

春雪

街を行く耳あて、マスク、サングラス人の顔なき群れのひしめく

去年の春思えば穏しおちこちの揺るると言えど死者のあらずて

春雪を踏みしめゆるり通う道北国《ほっこく》苦役思えば哀し

朝まだき遠き空より風花の舞い眼に入りて涙となりぬ

きさらぎに溜息ばかり雪ばかり途切れなく降る豪雪の地は

口角をあげて静かに微笑めと背を押す声の確かに聞こゆ

あとがき

ふとしたきっかけで岡山たづ子師と師弟の縁を結んだのは、二十二歳の春であった。初めは茶道の師として、後に短歌を勧められ、あれから既に四十年以上が経つ。こんなに長く短歌に関わることになろうとは、全く考えもしなかった。今思えば、私は実に不真面目な弟子であった。それでも師はおおらかに見ていて下さった。人と人との出会いは、誠に不思議なものだと思う。

歌集『あれから』は、前歌集『変奏曲』に次ぐ第五歌集である。以前は未来が気になって前ばかり見ていたが、近頃は過去に目を向けることも多くなった。全ての結果として今あることの始まりや、その原因が気になってきたのである。また年を重ねて多くの経験から学ぶことの大切さに気付いたこともある。

前歌集の出版は、八年前の春「東日本大震災」に見舞われた時のものである。遠隔地東京に住んでいても当時は「短歌」を作ることさえ考えられなかった。だが良きにつけ悪しきにつけ、生きてさえいれば日々過ごす中での「あれから」は誰にでもあると思う。大きくも小さくも全ての出来事は己のものである。生きてあることの証が、日常の中にあるということを実感している。それ故にこれを歌集名とした。

構成を逆編年体にしたのは、恥ずかしながら「今、在る」素の自分を確認してみたかったからである。みっともないがそう思っている。短歌に関わって多くのものを得た。これからも多くの先輩や友人、知人に感謝しつつ詠い続けていきたいと思う。

これまで関わって下さった先輩諸兄姉、歌の仲間、家族に感謝している。表題の篆刻は、いつもながら佐藤克巳氏にお願いした。一番の協力者である。

さらに六花書林の宇田川寛之氏には、細やかなご指導と我が儘放題をきいて頂き、厚くお礼を申し上げたい。

令和元年十月一日

佐藤千代子

著者略歴

佐藤 千代子（さとう ちよこ）旧姓・加藤

1946年　東京都杉並区に生まれる
1969年　國學院大學文学部文学科卒業
1977年　「歌と観照」入会

歌と観照　同人・選者・東京支部長
日本歌人クラブ　中央幹事
現代歌人協会　会員
日本短歌雑誌連盟　理事

〒153-0064
東京都目黒区下目黒６－19－２

あれから

歌と観照叢書第294篇

2019年11月18日 初版発行

著 者——佐藤千代子

発行者——宇田川寛之

発行所——六花書林

〒170-0005

東京都豊島区南大塚 3 - 24 - 10 - 1A

電 話 03-5949-6307

FAX 03-6912-7595

発売———開発社

〒103-0023

東京都中央区日本橋本町 1 - 4 - 9 ミヤギ日本橋ビル 8 階

電 話 03-5205-0211

FAX 03-5205-2516

印刷———相良整版印刷

製本———仲佐製本

定価はカバーに表示してあります

ISBN978-4-907891-93-0 C0092